AF358089

VENTE APRÈS DÉPART

Les Mercredi 21 et Jeudi 22 Octobre 1891

A DEUX HEURES

HOTEL DROUOT — SALLE N° 1

TRÈS BEAU

MOBILIER ARTISTIQUE

PROVENANT DE LA

Maison Drouard

TABLEAUX MODERNES

EXPOSITION PUBLIQUE

Le Mardi 20 Octobre 1891, de 1 heure 1/2 à 6 heures

PAR LE MINISTÈRE DE

Mᵉ Raoul CAVEROC, Commissaire-Priseur

A Paris, rue de Châteaudun, 17

Assisté pour les Tableaux de **M. B. LASQUIN**, Expert

Demeurant à Paris, rue Laffitte, 12

PARIS — 1891

IMPRIMERIE MAULDE ET RENOU

—

A. MAULDE & Cie

IMPRIMEURS DE LA COMPAGNIE DES COMMISSAIRES-PRISEURS

Rue de Rivoli, 144

TRÈS BEAU

MOBILIER ARTISTIQUE

—·∿∿∿∿·—

TABLEAUX MODERNES

IMPRIMERIE A. MAULDE ET Cie

Rue de Rivoli, 144. — Paris

NOTICE

D'UN TRÈS BEAU

MOBILIER ARTISTIQUE

DE DIFFÉRENTS STYLES

Provenant de la Maison DROUARD

POUR

Antichambres, Salle à manger, Chambres à coucher
Chambres de toilette
Grand et petit Salons, Cabinet de travail, Salle de bains
Jardin d'hiver

TAPIS — TENTURES

TABLEAUX MODERNES

DONT LA VENTE AUX ENCHÈRES PUBLIQUES AURA LIEU

APRÈS DÉPART

RUE DROUOT, 9, SALLE N° 1

Les Mercredi 21 et Jeudi 22 Octobre 1891

A DEUX HEURES

Par le ministère de Mᵉ Raoul CAVEROC, Commissʳᵉ-Priseur
à Paris, rue de Châteaudun, 17

Assisté, pour les Tableaux, de **M. B. LASQUIN**, Expert
rue Laffitte, 12

EXPOSITION PUBLIQUE

Le Mardi 20 Octobre 1891, de 1 heure 1/2 à 6 heures

D C 5 4 1 2

CONDITIONS DE LA VENTE

Elle sera faite au comptant.

Les Acquéreurs paieront, en sus des adjudications, CINQ CENTIMES PAR FRANC.

L'Exposition mettant le Public à même d'apprécier l'état des Objets, il ne sera admis aucune réclamation une fois l'adjudication prononcée.

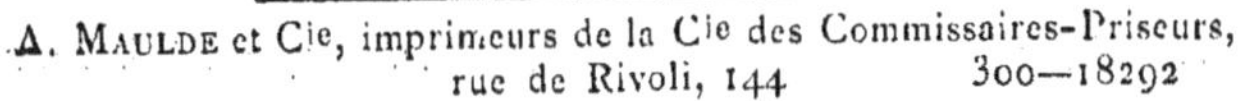

A. MAULDE et Cie, imprimeurs de la Cie des Commissaires-Priseurs, rue de Rivoli, 144   300—18292

TABLEAUX MODERNES

—

CAMPHAUSEN

1 — *Cheval en liberté.*

DELORT

2 — *Le Marchand de Fleurs.*

FEYEN (Eugène)

3 — *Paysanne assise.*

PEREZ (1887)

4 — *Mater Dolorosa.*

PRADILLA

5 — *Deux jeunes Femmes sur la terrasse d'un château gothique.*

RIBERA (Roman)

6 — *Jeune Femme en buste.*

VEYRASSAT

7 — *Les Meules de blé.*

VINIEGRA

8 — *Fête à la Madone.*

MOBILIER

—

ANTICHAMBRE

Meubles en noyer ciré de style gothique comprenant : une grande Banquette à voussure, une Crédence à deux portes avec ferrures fer forgé, deux Portemanteaux, deux Tables à tiroirs, une Jardinière, six Chaises et deux Fauteuils X recouverts en cuir carlovingiens, Bandeau, Courtines, Rideaux, Portières.

SALLE A MANGER

Ameublement en noyer sculpté composé de : un Buffet Renaissance à voussure à trois portes, une Table à rallonges, quatorze Chaises couvertes en cuir décoré, une Étagère-Dressoir à colonnes, une Table carrée.

Garniture de trois pièces bois et bronze, comprenant une Pendule et deux Coupes.

Rideaux et accessoires.

CABINET DE TRAVAIL

Grande Bibliothèque Renaissance à trois Portes en noyer ciré, grande Table-Bureau et Table plus petite en noyer ciré, Crédence Henri II, deux Canapés, deux grands Fauteuils et ix Chaises Renaissance.

Caisse de sûreté de Fichet dans son enveloppe en chêne sculpté.

Presse à copier.

Bandeaux avec rideaux.

GRAND SALON

Un Canapé, trois Fauteuils et trois Chaises de style Louis XIV, trois Chaises volantes en bois doré, Canapé, Coin de feu recouvert en soie de fantaisie, très belle Bergère noyer et or, Fauteuil en bois doré, Fauteuil bas recouvert en soie brochée.

Belle Vitrine en vernis Martin, Table de fantaisie, un Meuble Louis XV gaine velours, un Écran noyer et or garni de soie brodée, Gaine en marbre.

Bandeaux, Rideaux, Portières.

Très beau Lustre et Appareils disposés pour l'éclairage électrique.

PETIT SALON

Un Canapé noyer et or recouvert en soie, deux Fauteuils capitonnés, une Marquise bois doré et lampas, quatre Chaises bois doré, un Divan d'angle recouvert en soie, capitonné.

Petit Meuble avec bronzes, vitré formant Secrétaire, Table de milieu en noyer sculpté, etc., Table en marqueterie et bronzes, Écran Louis XV soie brodée, gaine en marbre.

Rideaux, Portières.

CHAMBRES A COUCHER

Ameublement en noyer sculpté Louis XVI, composé de : une Armoire à deux portes avec glaces biseautées, Lit de milieu, Tables de fantaisie, Table de nuit.

Ameublement Louis XIII, Lit avec colonnes torses et baldaquin, Armoire à colonnes à deux portes, Table de nuit, Table carrée.

Bureau cylindre en marqueterie, Meubles de fantaisie.

Fauteuils, Chaises, Rideaux, Portières, Pentes, Lambrequins.

Très bonne Literie.

Garnitures de foyer.

CHAMBRE DE TOILETTE

Grande Armoire Louis XVI en bois de dabe à trois portes avec glaces biseautées, Table de toilette avec psyché, Tables de fantaisie.
Chaise longue, Fauteuils, Chaises.
Rideaux et accessoires.

CABINETS DE TOILETTE

Meubles en pitchpin, Toilettes avec réservoir et accessoires, Divan, Fauteuils, Chaises, Glaces, Tapis, Rideaux, etc.

JARDIN D'HIVER

Ameublement en bambou : Canapés, Fauteuils, Chaises, Table, Meuble à étagère, dix Jardinières, Nattes, Stores, etc.

DIVERS

Salle de bains, Cuisines, Offices, Chambres de domestiques, Tapis, etc.

www.ingramcontent.com/pod-product-compliance
Lightning Source LLC
LaVergne TN
LVHW010923180726
843502LV00010B/4284